명강

고전시가

명강 고전 시가

교재 개발에 도움을 주신 모든 선생님들께 깊이 감사드립니다.

검토진

개념과 정리가 한번에 끝나는 기본서

개념풀

─ 윤리와 사상 ─

개념책 1:1 맞춤

정리노트

c o n t e n t s

학습한 개념을 단권화 할 수 있는
개념풀 정리노트 사용법

정리노트를 작성하기 전 대단원의 흐름을 살펴보면서 위밍업을 해 보세요.

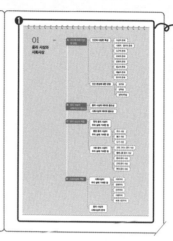

❶ 대단원의 흐름을 한번에 훑어 보세요. 공부했던 내용들의 흐름이 기억날 거예요.

기억이 잘 안난다구요?
기억이 나지 않아도 걱정 마세요.
이제부터 시작이니까요.

중단원별 중요 내용의 구조를 보고, 개념을 정리하세요.

❷ 선배들이 개념책을 보고 중단원 전체의 내용 구조를 정리했어요.

❸ 어디서부터 어떻게 정리해야할지 모른다구요? 개념책을펴 보세요. 흐름이 같지요?개념책의 내용을 나만의 스타일로 정리해 보세요.

무엇이 중요하고
무엇을 꼭 정리해 놓고
공부해야 하는지 알 수
있어요.

대단원별 개념 정리하기와 마인드맵으로 단원의 내용을 확실하게 정리하세요.

❹ 대단원별 중요한 개념을다시 적어 보세요. 단원의핵심 개념을 확실하게 정리할 수 있어요.

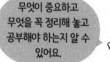

❺ 자신만의 마인드 맵을 만들어 보세요. 단원의 핵심 내용이 머릿속에 쏙!

정리노트 사용하는 2가지 방법

1. 개념책이나 교과서를 펴 놓고 중요 자료를 보면서 정리하기!

2. 외웠던 것을 스스로 확인하는 차원에서 정리해 보기!

수능 1등급 받은
선배들의 정리노트 이야기

정리노트를 작성하기가 막막하다면?
정리노트를 다시 쓰고 싶다면?
지학사 홈페이지(www.jihak.co.kr)에 들어오면,
빈노트와 선배들의 정리노트를 다운받을 수 있어!

선배들이 직접 들려주는
정리노트 노하우!

"개념풀 정리노트는 단원의 전체 흐름과 중요한 세부 내용까지 모두 볼 수 있도록 구성되어 있어. 그동안 공부했던 걸 시험 전날 정리노트에 채워 보고 가면 그 시험은 만점 예약!"

◀ 동영상 바로보기

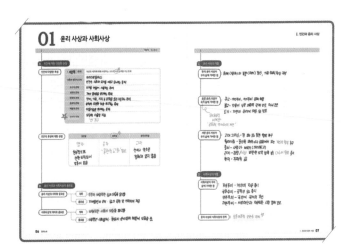

정솔 고려대 재학생

"개념풀 정리노트는 단원의 전체 흐름은 어떤지, 어떤 개념이 중요한지 한눈에 알 수 있도록 구성되어 있어. 게다가 이미 구조도가 제시되어 있어서 정리하기가 편해!"

◀ 정솔 학생의 노트 바로가기

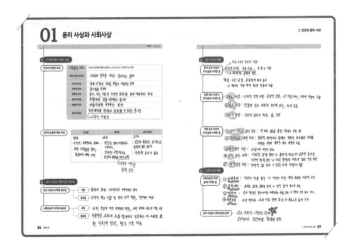

한태형 고려대 재학생

"시험 기간에 노트 정리를 하며 공부하려고 하면 막상 빈 노트에 무엇부터 써야 하는지 막막하잖아. 개념풀 정리노트는 빈 노트에 정리하기 두려운 친구들에게 조금이나마 도움이 될 거야!"

◀ 한태형 학생의 노트 바로가기

》 선배들이 작성한 정리노트 바로가기

I
인간과
윤리 사상

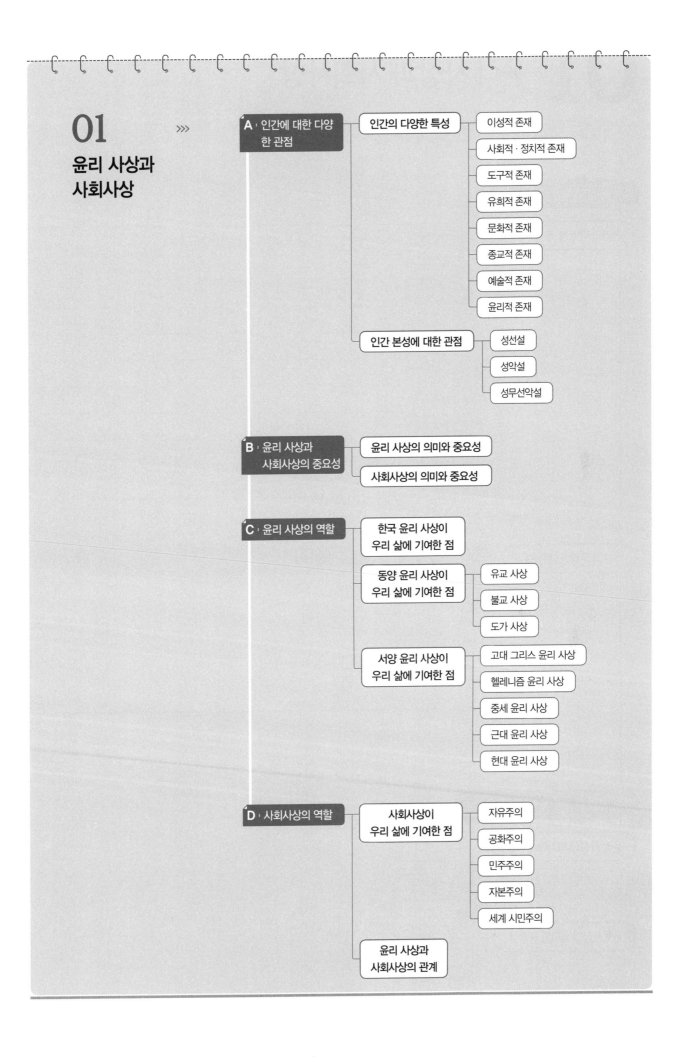

01

>>>

**윤리 사상과
사회사상**

A 인간에 대한 다양한 관점
- 인간의 다양한 특성
  - 이성적 존재
  - 사회적 · 정치적 존재
  - 도구적 존재
  - 유희적 존재
  - 문화적 존재
  - 종교적 존재
  - 예술적 존재
  - 윤리적 존재
- 인간 본성에 대한 관점
  - 성선설
  - 성악설
  - 성무선악설

B 윤리 사상과 사회사상의 중요성
- 윤리 사상의 의미와 중요성
- 사회사상의 의미와 중요성

C 윤리 사상의 역할
- 한국 윤리 사상이 우리 삶에 기여한 점
- 동양 윤리 사상이 우리 삶에 기여한 점
  - 유교 사상
  - 불교 사상
  - 도가 사상
- 서양 윤리 사상이 우리 삶에 기여한 점
  - 고대 그리스 윤리 사상
  - 헬레니즘 윤리 사상
  - 중세 윤리 사상
  - 근대 윤리 사상
  - 현대 윤리 사상

D 사회사상의 역할
- 사회사상이 우리 삶에 기여한 점
  - 자유주의
  - 공화주의
  - 민주주의
  - 자본주의
  - 세계 시민주의
- 윤리 사상과 사회사상의 관계

01 윤리 사상과 사회사상

A 인간에 대한 다양한 관점

인간의 다양한 특성

( )존재	자신과 세계에 대해 사유하는 고도의 사고 능력을 지닌 존재
사회적·정치적 존재	
도구적 존재	
유희적 존재	
문화적 존재	
종교적 존재	
예술적 존재	
윤리적 존재	

인간의 본성에 대한 관점

성선설	성악설	성무선악설

B 윤리 사상과 사회사상의 중요성

윤리 사상의 의미와 중요성
- 의미 :
- 중요성 :

사회사상의 의미와 중요성
- 의미 :
- 중요성 :

C 윤리 사상의 역할

한국 윤리 사상이
우리 삶에 기여한 점 :

동양 윤리 사상이
우리 삶에 기여한 점 :

서양 윤리 사상이
우리 삶에 기여한 점 :

D 사회사상의 역할

사회사상이 우리
삶에 기여한 점 :

윤리 사상과 사회사상의 관계 :

단원 정리하기

● 단원의 핵심 개념을 정리해 보자.

01 윤리 사상과 사회사상

| 이성적 존재 |

| 사회적·정치적 존재 |

| 도구적 존재 |

| 유희적 존재 |

| 문화적 존재 |

| 종교적 존재 |

| 예술적 존재 |

| 윤리적 존재 |

| 성선설 |

| 성악설 |

| 성무선악설 |

| 윤리 사상 |

| 사회사상 |

● 그림에 자신만의 설명을 덧붙여 단원의 핵심 내용을 정리해 보자.

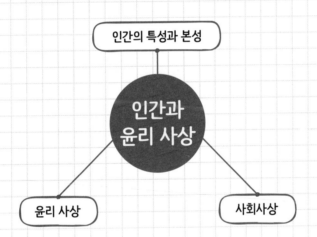

인간의 특성과 본성

인간과
윤리 사상

윤리 사상

사회사상

오옷!
잘 그리는데!

II

동양과 한국 윤리 사상

» 선배들이 작성한 정리노트 바로가기

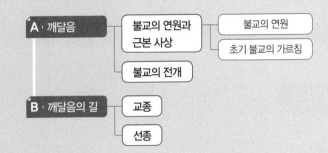
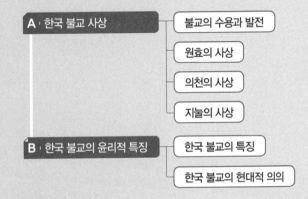
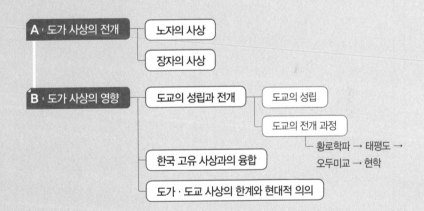
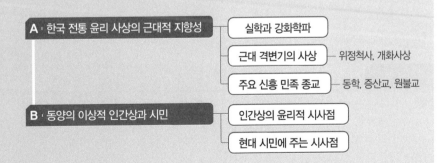

01 사상의 연원

A 동양 윤리 사상의 연원

등장 배경

대표 사상

유교	불교	도가
·( )의 윤리	·( )의 윤리	·( )의 윤리

나만의 정리

동양 윤리 사상의 특징

( )적 세계관	모든 존재를 상호 의존적으로 살아가는 하나의 ( )로 봄
공존과 공생의 사회관	
개인의 인격 도야 강조	
인간의 행복과 사회 질서 실현의 원리 제시	

B 한국 윤리 사상의 연원

연원

고조선의 건국 신화 = ( )	
무속 신앙	

특징

( ) 정신	인간의 행복과 존엄성을 중시함
현세 지향적 가치관	
화합과 조화 정신	

02 인의 윤리

A 도덕의 성립 근거

공자

특징	( )과 ( ) 강조
정치론	

맹자

- ( )과 ( ) 강조 :
- 본성론( ) :
- 수양론 :
- 정치론 :

왕도 정치	
민본주의	

순자

- ( ) 강조 :
- 본성론( ) :
- 정치론 :

예치	

B 도덕 법칙의 탐구 방법

구분	성리학	양명학
입장	( ):	심즉리:
특징		
앎과 실천		
수양론		

나만의 정리

03 도덕적 심성

개념책 44~47 쪽

A 도덕 감정

이황과 이이의 사상

구분	이황	이이
입장	(　　　　　):	기발이승일도설:
이와 기의 관계		
사단칠정론		
수양론		
공통점		

B 도덕 본성

실학의 등장 배경

실학의 특징

정약용의 사상

성기호설:

한국 유교 윤리의 의의와 시사점

개인의 도덕성과 공동체 문화 강조	
( )	

04 자비의 윤리

A 깨달음

불교의 연원

초기 불교의 가르침

불교의 전개

- **부파 불교** :
- **대승 불교** :
- **대승 불교의 교리 전개**

구분	중관 사상	유식 사상
성립 배경		
특징		

B 깨달음의 길

교종

특징	
대표적 종파	
한계점	

선종

특징	
기본 가르침	

불교 사상의 시사점

① ( )

② ( )

③ ( )

05 분쟁과 화합

개념책 64~67쪽

A 한국 불교 사상

불교의 수용과 발전

수용 배경	
발전	

원효의 사상

( ) 사상	
( ) 사상	
무애행	
의의	

의천의 사상

특징	
수행법	
의의	

개념책 64~67쪽

지눌의 사상

특징	
수행법	
의의	

B 한국 불교의 윤리적 특징

한국 불교의 특징

한국 불교의 현대적 의의

06 무위자연의 윤리

개념책 74~77 쪽

A 도가 사상의 전개

노자

사회 혼란의 원인과 해결 방안

혼란의 원인	
해결 방안	

도(道)와 덕(德)

도(道)	
덕(德)	

이상적 경지

무위자연	
상선약수	
이상적 인간	( ):

이상적 정치와 이상 사회

이성적 정치	
이상 사회	( ):

장자

사회 혼란의 원인과 해결 방안	혼란의 원인	
	해결 방안	
도(道)		
이상적 경지		
수양 방법		

B 도가 사상의 영향

도교의 전개 과정

황로학파

태평도

오두미교

현학

도교의 특징

도가·도교 사상과 한국 고유 사상의 융합

도가·도교 사상의 한계와 현대적 의의

07 한국과 동양 윤리 사상의 의의

개념책 84~87 쪽

A 한국 전통 윤리 사상의 근대적 지향성

실학과 강화학파

구분	실학	강화학파
등장 배경		
특징		
영향		

근대 격변기의 사상

위정척사

개화사상

주요 신흥 민족 종교

동학

증산교

원불교

B 동양의 이상적 인간상과 시민

동양의 이상적 인간상의 윤리적 시사점

유교의 (   )

• 특징:

• 시사점:

불교의 (   )

• 특징:

• 시사점:

도가의 (   )

• 특징:

• 시사점:

동양의 이상적 인간상이 현대 시민에게 주는 시사점 :

● 단원의 핵심 개념을 정리해 보자.

01 사상의 연원

| 유기체적 세계관 |

| 인본주의 정신 |

| 현세 지향적 가치관 |

02 인의 윤리

| 인(仁) |

| 충(忠) |

| 서(恕) |

| 극기복례 |

| 정명(正名) |

| 대동 사회 |

| 사단(四端) |

| 호연지기 |

| 화성기위 |

| 성즉리(性卽理) |

| 이(理) |

| 기(氣) |

개념 정리하기

| 심통성정 |

| 성발위정 |

| 심즉리(心卽理) |

| 치양지 |

| 지행합일 |

| 존천리거인욕 |

| 격물치지 |

03 도덕적 심성

| 이기호발설 |

| 이기불상잡 |

| 이귀기천 |

| 심여이일 |

| 기발이승일도설 |

| 이기지묘 |

| 이통기국 |

| 칠정포사단 |

| 교기질 |

성기호설	
영지의 기호	
형구의 기호	
자주지권	
신독	

04 자비의 윤리

연기설	
고성제	
집성제	
멸성제	
도성제	
삼법인	
제행무상	
제법무아	
일체개고	
열반적정	
공(空) 사상	
중도	
일체유심조	

┊ 교관이문 〉

┊ 돈오 〉

05 분쟁과 화합

┊ 원효의 일심(一心) 〉

┊ 화쟁 사상 〉

┊ 내외겸전 〉

┊ 교관겸수 〉

┊ 돈오점수 〉

┊ 정혜쌍수 〉

┊ 간화선 〉

┊ 보살행 〉

06 무위자연의 윤리

┊ 도(道) 〉

┊ 무위자연 〉

┊ 허정 〉

┊ 상선약수 〉

┊ 소국과민 〉

| 제물(齊物) |
| 소요(逍遙) |
| 물아일체 |
| 좌망 |
| 심재 |
| 황로학파 |
| 태평도 |
| 오두미교 |
| 현학 |

07 한국과 동양 윤리 사상의 의의

| 경세치용 |
| 이용후생 |
| 실사구시 |
| 위정척사 |
| 동도서기론 |
| 동학 |
| 후천 개벽 사상 |

마인드맵으로 정리하기

✎그림에 자신만의 설명을 덧붙여 단원의 핵심 내용을 정리해 보자.

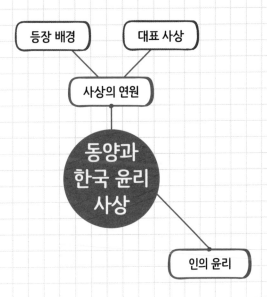

오웃!
잘 그리는데!

III

서양 윤리 사상

» 선배들이 작성한 정리노트 바로가기

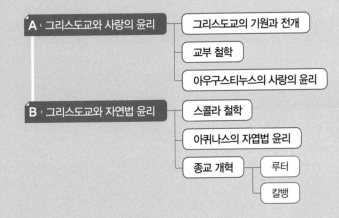

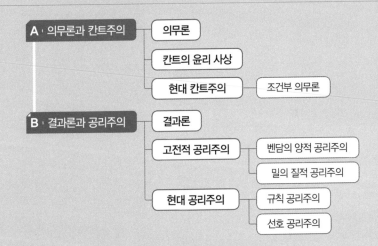
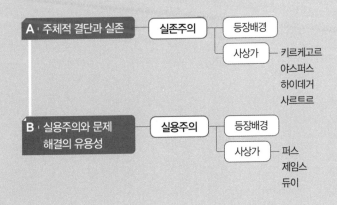

01 사상의 연원

개념책 102~105 쪽

A 고대 그리스 사상과 헤브라이즘

고대 그리스 사상

형성 배경	
특징	
영향	

헤브라이즘

특징	
영향	

B 규범의 다양성과 보편 도덕

윤리적 상대주의 ─┬─ 뜻 :

└─ 대표자 : (   )

프로타고라스	트라시마코스	고르기아스

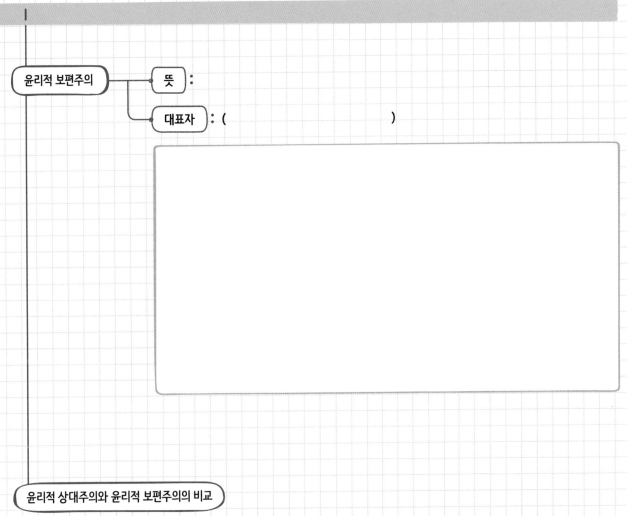

윤리적 보편주의

뜻 :

대표자 : (   )

윤리적 상대주의와 윤리적 보편주의의 비교

구분	윤리적 상대주의	윤리적 보편주의
공통점		
대표자		
장점		
한계		

02 덕

A 영혼의 정의와 행복

플라톤 세계관의 특징

( )의 사상 계승	
이원론적 세계관	세계를 현실 세계와 ( )의 세계로 구분함

정의와 행복에 관한 플라톤의 사상

정의로운 인간

정의로운 국가

행복한 삶을 이루기 위한 방법

B 이론과 실천의 탁월성과 행복

아리스토텔레스 세계관의 특징

( )의 사상 계승	
현실주의적 세계관	
목적론적 세계관	

행복과 덕에 관한 아리스토텔레스의 사상

행복론

덕론

플라톤과 아리스토텔레스의 윤리 사상 비교

구분	플라톤	아리스토텔레스
공통점		
차이점		
영향		

03 행복 추구의 방법

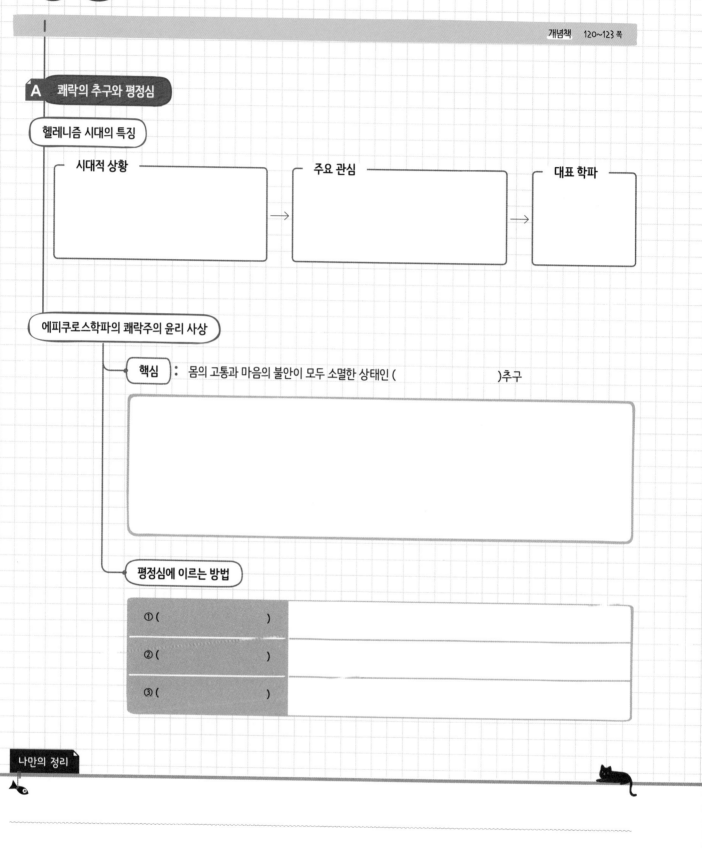

개념책 120~123 쪽

A 쾌락의 추구와 평정심

헬레니즘 시대의 특징

시대적 상황		주요 관심		대표 학파
	→		→	

에피쿠로스학파의 쾌락주의 윤리 사상

핵심 : 몸의 고통과 마음의 불안이 모두 소멸한 상태인 ( )추구

평정심에 이르는 방법

① ( )	
② ( )	
③ ( )	

나만의 정리

B 금욕과 부동심

스토아학파의 세계관

이성주의	
결정론	

스토아학파의 금욕주의 윤리 사상

핵심 : ( )에서 해방되어 어떤 상황에서도 동요하지 않는 정신 상태인 ( )추구

부동심에 이르는 방법

① ( )	
② ( )	
③ ( )	

나만의 정리

04 신앙

개념책 130~133 쪽

A 그리스도교와 사랑의 윤리

그리스도교 ──┬── 기원 :

　　　　　　└── 전개 :

교부 철학

의미	
대표자	

아우구스티누스의 (　　　　　　　)의 윤리

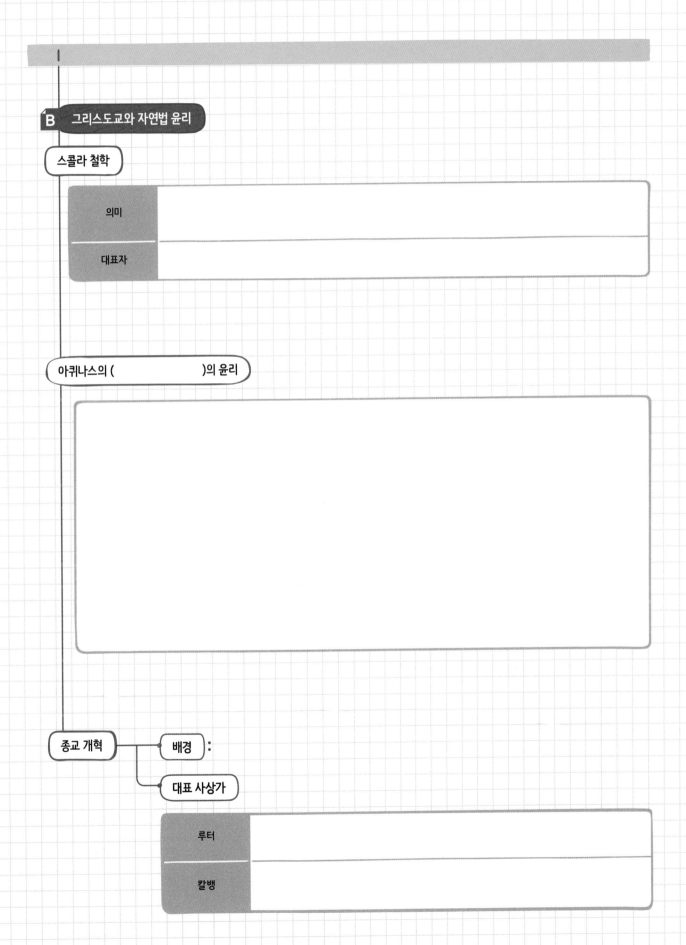

B 그리스도교와 자연법 윤리

스콜라 철학

의미	
대표자	

아퀴나스의 (　　　　　　　)의 윤리

종교 개혁 — 배경 :
　　　　　　 └ 대표 사상가

루터	
칼뱅	

05 도덕의 기초

A 도덕적인 삶과 이성

서양 근대 윤리 사상의 등장

등장 배경	( ):
	( ):
	( ):
특징	

합리론 ─ 의미 :

─ 특징 :

─ 선구자 : (   )

스피노자의 (   ) 중심 윤리 사상

세계관	
인간관	
행복관	

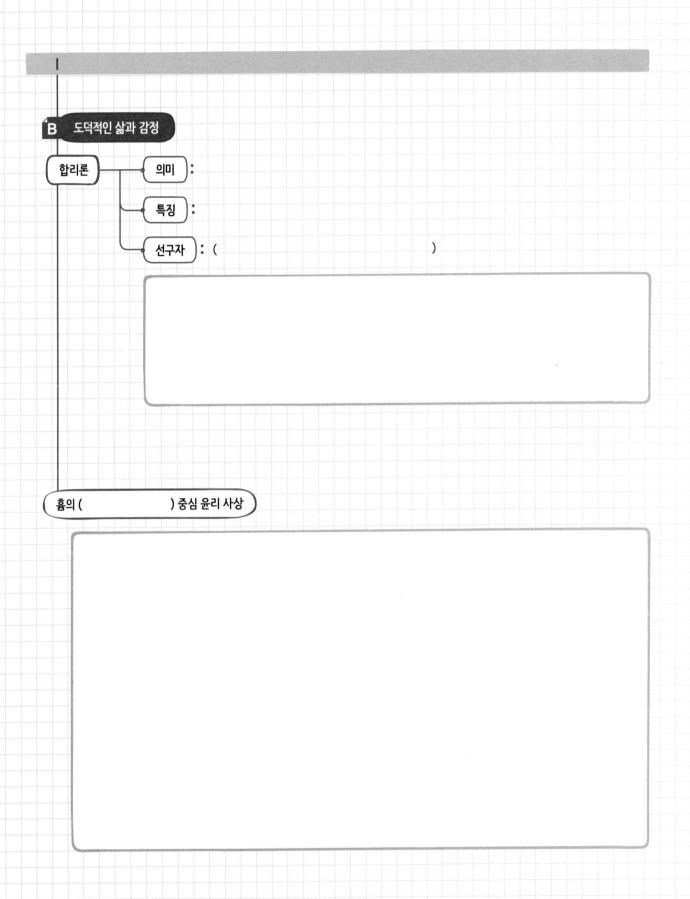

B 도덕적인 삶과 감정

합리론 ─┬─ 의미 :

├─ 특징 :

└─ 선구자 : (   )

흄의 (   ) 중심 윤리 사상

06 옳고 그름의 기준

A 의무론과 칸트주의

의무론

의미	
특징	

칸트의 윤리 사상

특징	
의의	
한계	

현대 칸트주의

등장 배경	
특징	
의의	

B 결과론과 공리주의

결과론

의미	
특징	

고전적 공리주의

구분	벤담의 (　　　　) 공리주의	밀의 (　　　　) 공리주의
공통점		
차이점		

현대 공리주의 ── 등장 배경 :

── 구분

구분	규칙 공리주의	선호 공리주의
입장		
한계		

07 현대의 윤리적 삶

개념책 160~163 쪽

A 주체적 결단과 실존

실존주의의 등장 배경과 특징

등장 배경	
특징	

실존주의 사상가들의 입장

키르케고르	야스퍼스
하이데거	사르트르

실존주의의 의의와 한계

의의	
한계	

B 실용주의와 문제 해결의 유용성

실용주의의 등장 배경과 특징

등장 배경	
특징	

실용주의 사상가들의 입장

퍼스	제임스	듀이

실용주의의 의의와 한계

의의	
한계	

◦단원의 핵심 개념을 정리해 보자.

01 사상의 연원

| 헤브라이즘 |

| 윤리적 상대주의 |

| 윤리적 보편주의 |

| 주지주의 |

| 지행합일 |

| 지덕복 합일설 |

| 문답법 |

02 덕

| 이원론적 세계관 |

| 이데아 |

| 이데아 세계 |

| 영혼 삼분설 |

| 철인 통치론 |

| 목적론적 세계관 |

| 지적인 덕 |

| 품성적 덕 |

개념 정리하기

| 실천적 지혜 |

| 중용 |

03 행복 추구의 방법

| 헬레니즘 |

| 쾌락주의 |

| 금욕주의 |

| 소극적 쾌락주의 |

| 쾌락의 역설 |

| 결정론 |

| 정념 |

| 평정심(아타락시아) |

| 부동심(아파테이아) |

04 신앙

| 유대교 |

| 황금률 |

| 교부 철학 |

| 스콜라 철학 |

| 천상의 나라 |

| 지상의 나라 |

| 아퀴나스의 영원법 |

| 아퀴나스의 자연법 |

| 아퀴나스의 실정법 |

| 종교 개혁 |

| 예정설 |

| 직업 소명설 |

05 도덕의 기초

| 인식론 |

| 합리론 |

| 경험론 |

| 연역법 |

| 귀납법 |

| 방법적 회의 |

| 필연론적 세계관 |

| 범신론적 세계관 |

개념 정리하기

| 종족의 우상 |

| 동굴의 우상 |

| 시장의 우상 |

| 극장의 우상 |

06 옳고 그름의 기준

| 의무론 |

| 결과론 |

| 선의지 |

| 도덕 법칙 |

| 가언 명령 |

| 정언 명령 |

| 조건부 의무 |

| 공리의 원리 |

| 양적 공리주의 |

| 질적 공리주의 |

| 규칙 공리주의 |

| 선호 공리주의 |

07 현대의 윤리적 삶

| 실존

| 실존주의

| 주체성이 진리

| 한계 상황

| 현존재

| 사르트르의 불성실

| 실용주의

| 실용주의의 격률

| 현금 가치

| 도구주의

| 창조적 지성

나만의 정리

마인드맵으로 정리하기

◦ 그림에 자신만의 설명을 덧붙여 단원의 핵심 내용을 정리해 보자.

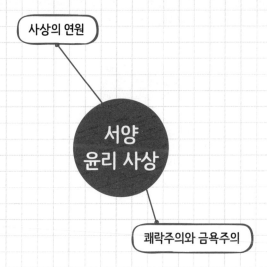

IV
사회사상

》 선배들이 작성한 정리노트 바로가기

04
민주주의

A · 근대 민주주의의 지향과 자유 민주주의
- 민주주의의 기원과 근본 원리
- 민주주의 발전에 영향을 준 사상
  - 사회 계약론
  - 밀의 자유론

B · 도덕적 자율성과 책임 및 시민의 소통과 유대
- 현대 민주주의
  - 대의 민주주의
  - 참여 민주주의
  - 심의 민주주의
- 시민 불복종
  - 소로
  - 롤스
  - 하버마스

05
자본주의

A · 자본주의의 규범적 특징과 기여
- 자본주의의 전개 과정
  - 고전적 자본주의
  - 수정 자본주의
  - 신자유주의
- 자본주의의 윤리적 기여

B · 자본주의에 대한 비판과 대안
- 자본주의에 대한 비판적 시각
- 자본주의에 대한 대안적 시도
  - 롤스의 정의론
  - 사회주의 — 마르크스주의 / 민주 사회주의

06
평화

A · 동서양의 다양한 평화 사상
- 동양의 평화 사상
  - 유교
  - 묵자
  - 불교
  - 도가
- 서양의 평화 사상
  - 에라스뮈스
  - 생피에르
  - 현실주의와 이상주의

B · 세계 시민주의와 세계 시민 윤리의 구상
- 세계 시민주의
- 해외 원조에 대한 입장
  - 롤스
  - 싱어
  - 노직

01 사회사상과 이상 사회

개념책 178~179 쪽

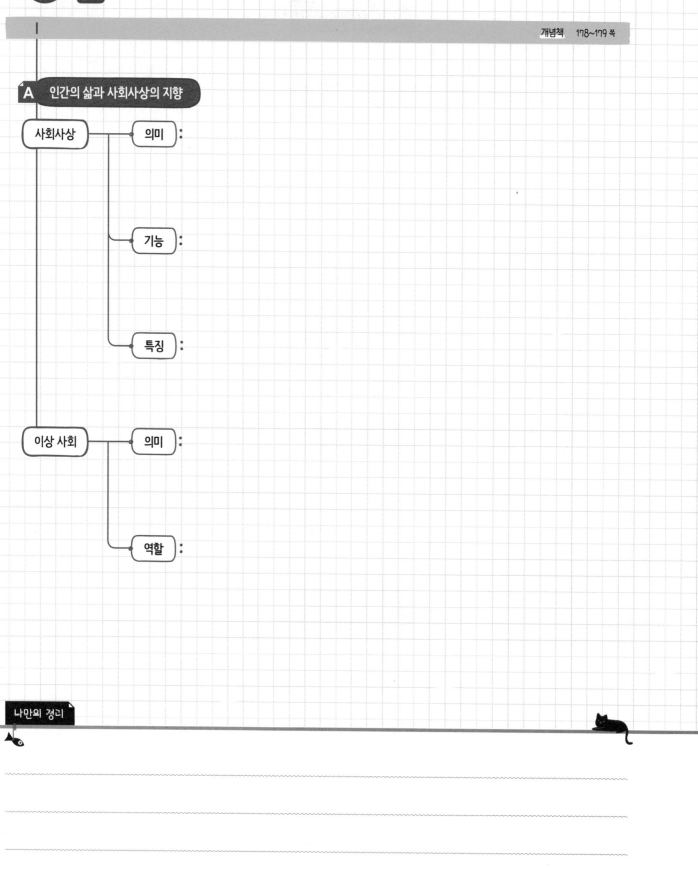

A 인간의 삶과 사회사상의 지향

사회사상 ─┬─ 의미 :
　　　　　├─ 기능 :
　　　　　└─ 특징 :

이상 사회 ─┬─ 의미 :
　　　　　 └─ 역할 :

나만의 정리

B 동서양 이상 사회론의 현대적 의의

동서양의 이상 사회

공자의 대동 사회	
노자의 소국과민	
플라톤의 이상 국가	
베이컨의 뉴 아틀란티스	
모어의 유토피아	
마르크스의 공산 사회	

이상 사회론의 공통점과 현대적 의의 ── 공통점 :

현대적 의의 :

02 국가

개념책 184~187 쪽

A 국가의 기원과 본질에 대한 관점

국가의 기원과 본질

구분	유교	아리스토텔레스	공화주의	사회 계약론	마르크스
국가의 기원					
국가의 본질					
특징					

사회 계약론에 대한 입장

구분	홉스	로크	루소
자연 상태			
군주에 대한 태도			
사회 계약의 목적			
국가의 성격			

B 국가의 역할과 정당성에 대한 동서양의 관점

국가의 역할과 정당성

구분	유교	아리스토텔레스	공화주의	사회 계약론	마르크스
국가의 역할					
국가의 정당성 확보 방안					
기타					

현대 국가의 역할과 정당성 ── 역할 :

정당성 :

03 시민

A 시민의 자유와 권리의 근거

자유주의의 관점에서 본 시민적 자유와 권리

— 자연권 :

— 자유주의

자유관	
국가관	
시민의 자유와 권리	
법에 의한 간섭 최소화	

공화주의의 관점에서 본 시민적 자유와 권리

— 공화주의

자유관	
이상적 인간상	
시민의 자유와 권리	
법에 의한 지배	

— 공화주의의 두 흐름

시민적 공화주의

신로마 공화주의

B 공동체와 공동선 및 시민적 덕성

공동체와 공동선에 대한 두 관점

구분	자유주의	공화주의
공동체		
공동선		
문제점		

자유주의와 공화주의의 조화 :

자유주의와 공화주의의 시민적 덕성

구분	자유주의	공화주의	민족주의
관용에 대한 관점			
애국심에 대한 관점			

04 민주주의

개념책 204~207 쪽

A 근대 민주주의의 지향과 자유 민주주의

민주주의 ─┬─ 의미 :

─── 기원 :

─── 근본 원리 :

─── 기본 원칙 :

근대 자유 민주주의의 지향

─── 민주주의의 발전에 영향을 준 사상

사회 계약론	로크	
	루소	
밀의 자유론		

─── 근대 자유 민주주의 발전과 지향 :

B 도덕적 자율성과 책임 및 시민의 소통과 유대

현대 민주주의의 규범적 특징

구분	대의 민주주의	참여 민주주의	심의 민주주의
의미			
특징			
한계			

시민 불복종 ── 의미 :

시민 불복종에 대한 입장

소로	롤스	하버마스

05 자본주의

A 자본주의의 규범적 특징과 기여

자본주의의 의미 :

자본주의의 발전 배경

자유주의	
프로테스탄티즘	

자본주의의 규범적 특징 :

자본주의의 전개 과정

( ) 자본주의	( ) 자본주의	신자유주의

→   →

자본주의의 윤리적 기여

①	
②	
③	

B 자본주의에 대한 비판과 대안

자본주의에 대한 비판적 시각

①	
②	
③	

자본주의에 대한 대안적 시도

롤스의 정의론		
사회주의	마르크스주의	
	민주 사회주의	

바람직한 자본주의 사회의 실현을 위한 노력 :

06 평화

개념책 222~225 쪽

A 동서양의 다양한 평화 사상

갈퉁의 평화론 ── 소극적 평화 :

 ── 적극적 평화 :

동양의 평화 사상

구분	유교	묵자	불교	도가
갈등의 원인				
평화의 실현				

서양의 평화 사상

구분	에라스뮈스	생피에르
갈등의 원인		
평화의 실현		

구분	현실주의	이상주의
대표 사상가		
입장		
한계		

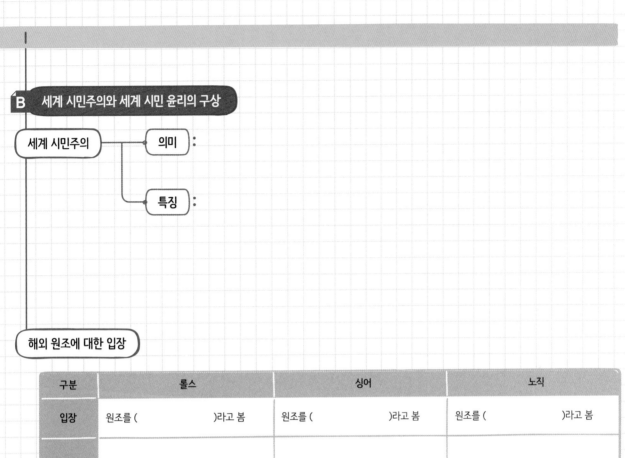

B 세계 시민주의와 세계 시민 윤리의 구상

세계 시민주의 ─┬─ 의미 :

            └─ 특징 :

해외 원조에 대한 입장

구분	롤스	싱어	노직
입장	원조를 ( )라고 봄	원조를 ( )라고 봄	원조를 ( )라고 봄
특징			

나만의 정리

◉ 단원의 핵심 개념을 정리해 보자.

01 사회사상과 이상 사회

| 사회사상 |

| 공자의 대동 사회 |

| 노자의 소국과민 |

| 베이컨의 뉴 아틀란티스 |

| 모어의 유토피아 |

| 마르크스의 공산 사회 |

02 국가

| 사회 계약론 |

| 사회 계약론의 자연 상태 |

| 민본주의 |

| 맹자의 민생 안정론 |

| 마르크스의 역사 발전 단계 |

03 시민

| 자연권 |

| 자유주의 |

| 소극적 자유 |

| 공화주의 |
| 시민적 공화주의 |
| 신로마 공화주의 |
| 비지배로서의 자유 |
| 공동선 |
| 개인선 |
| 헌법 애국주의 |
| 대승적 사랑 |

04 민주주의

| 민주주의 |
| 로크의 저항권 |
| 루소의 일반 의지 |
| 대의 민주주의 |
| 참여 민주주의 |
| 심의 민주주의 |
| 시민 불복종 |

05 자본주의

| 자본주의 |
| 보이지 않는 손 |
| 고전적 자본주의 |

| 수정 자본주의 |
| 신자유주의 |
| 자유 방임주의 |
| 정부 실패 |
| 시장 실패 |
| 물질 만능주의 |
| 천민자본주의 |
| 물신 숭배 현상 |
| 인간 소외 현상 |
| 민주 사회주의 |

06 평화

| 소극적 평화 |
| 적극적 평화 |
| 겸애교리 |
| 수기이안백성 |
| 수제치평 |
| 안보 딜레마 |
| 고통받는 사회 |
| 질서 정연한 사회 |
| 세계 시민주의 |

마인드맵으로 정리하기

●그림에 자신만의 설명을 덧붙여 단원의 핵심 내용을 정리해 보자.

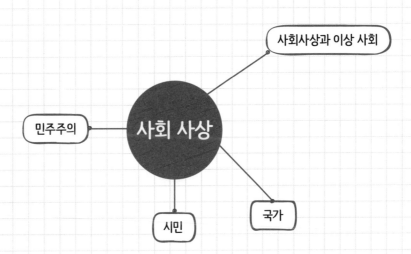

오옷!
잘 그리는데!

집중력을 높이는
미로 Game

두방보도 몬스터!
냥쉡에게 요리 재료를 무사히 전달하라!